UN MEJOR CAMINO

HISTORIAS CRISTIANAS

Por

James Mallory Frey Deemas

© James Mallory Frey Deemas 2025

Un Mejor Camino

ISBN Libro en papel: 978-84-685-8653-3

Impreso en Mexico

Editado por Bubok Publishing S.L

Índice

Dame tu cartera

Un Mejor Camino

El Dr. Nathaniel Cruz caminaba por una calle desierta hacia las diez de la noche. Un hombre con pistola en mano salió de entre las sombras.

«Dame tu cartera.»

Nathaniel le dio tranquilamente su cartera al hombre.

«Caray, aquí no hay mucho dinero.»

Nathaniel sonrió y le dijo, «Bueno hermano, si de verdad estás tan mal de dinero puedes llevarte mi iPhone, mi reloj y este anillo de oro.» (Mt 5:40)

«¿Y la cruz de plata que llevas? Debe valer algo.»

«Su valor es mayor de lo que puedas imaginar.»

«¿Por qué me has llamado 'hermano'?»
(1 Co 1:10, 1 P 3:8)

«Todos los hombres son hermanos. Sólo que no lo decimos lo suficiente.»

«Mi hermano es un imbécil. Lo odio.»

«Si pudieras verlo como realmente es, lo amarías.»

«Estás loco.»

Un poco más adelante, un taxi se detuvo y bajó una mujer joven. El ladrón miró atentamente a la mujer, se lamió lentamente el labio superior y dijo, «Eh, mira esa tía, ¡Qué cuerpo! ¿Sabes quién es?» (Mt 5:28)

Se sorprendió y alegró cuando Nathaniel dijo, «Es mi sobrina.»

«Quiero conocerla.»

«Créeme, no conseguirás nada con ella. Su marido le pide el divorcio. (Mt 5:32) Ella no es de las que se 'desquitan' pecando con otro hombre.»

«Tal vez yo podría ayudarla. Juro por Dios que seré amable.»

«No jures. (Mt 5:34) Dios ya sabe lo que quieres. Mejor guarda esa pistola ahora mismo. Una patrulla acaba de girar en la calle.»

«Diablos, tengo que salir de aquí rápido.»

Nathaniel extendió la mano para detener al ladrón y dijo, «No te vayas. Sigue hablándome. Me conocen y pensarán que eres un amigo.»

El coche patrulla se detuvo junto a ellos. El conductor dijo, «Hola Nat, ¿qué tal? ¿Has visto a alguien extraño por aquí? Nos han avisado de que uno de la banda del Gallo está en la ciudad.»

Nathaniel dijo, «No, ha estado bastante tranquilo; no he visto a nadie.»

Se volvió hacia el ladrón, «Harry, ¿Notaste algo de camino aquí?»

«¿Qué? Oh... eh, no.»

Los policías se marcharon.

«¿Cómo sabías que me llamo Harry?»

«No lo supe. Eso se llama inspiración.»

«¿Por qué no me delataste? Deberías odiarme por robarte.»

«¿Qué ganaría yo? Si yo te odio y tú me odias, ni tú ni yo sacamos nada bueno de ello. Prefiero el amor.» (Mt 5:44)

Harry estaba confundido por este encuentro, tan diferente de su experiencia. Parecía como si Nathaniel hubiera puesto serenamente su mundo patas arriba. Sentía curiosidad y una sutil atracción por el mundo de Nathaniel.

«¡VALE, VALE, VALE! Toma, recupera tu cartera y tus cosas. Ya no las quiero. Pero debes entender que te he robado porque es mi camino,"

Nathaniel sacó una tarjeta de su cartera y dijo, «Toma mi tarjeta. Ven a verme mañana y te enseñaré *un mejor camino*.»

Harry leyó la tarjeta:

Dr. Nathaniel Cruz
Catequista
153 Fischer Drive
Custer, In.
627-692-1244

y dijo, «Mañana no puedo ir. Tengo que decirle a El Hacha que hoy no he conseguido nada, así que mañana estaré... um, ocupado.»

«¿El Hacha?»

«Ese es Daniel Moreno, es el líder de la banda del Gallo. Le debo unos 3 mil dólares.»

Nathaniel metió la mano en el bolsillo interior de su abrigo, sacó unos billetes y dijo, «Aquí tienes doscientos dólares... Dáselos y ven a verme mañana. Me pagas cuando puedas".

«Caramba... eh, gracias.»

A la mañana siguiente llegó Harry, muy curioso por Nathaniel. Así que le preguntó, «¿Qué es un catequista? ¿Qué hace?»

Nathaniel respondió, «Un catequista es alguien que te enseña a vivir mejor. ¿Tienes familia? ¿Estás casado?»

«No estoy casado, pero vivo con una mujer. Tenemos una niña de un año.»

«Tienes una familia, ¿Por qué querías conocer a mi sobrina?»

«No hace daño tener opciones.»

«Los compromisos de fidelidad entre dos son mejores. ¿Por qué no te casaste?»

«Porque no creo en ello. Demasiadas molestias. Es más fácil así, si no estamos de acuerdo, cada uno por su lado.»

Nathaniel le miró a los ojos y dijo, «¿Más fácil? Tal vez, pero no es la mejor manera de vivir una buena vida. Así que tú sigues tu camino, ella el suyo, ¿y la bebé? ¿Se iría con su madre?»

«¿Sí, aunque eso me molestaría.»

«Entonces, ¿Quieres a tu bebé?»

«Sí.»

«¿Sabes que Dios es Amor? ¿Qué él puede hacerte libre?» (1 Jn 4:7-8)

«No, ¿qué significa eso? ¿Puede sacar a El Hacha de mi vida?»

«Tal vez. Pero ve que no puedes pedirle a Dios que te ayude y no hacer nada por Él. Dios dio a su Hijo Jesús...» (1 Jn 4:9)

Harry interrumpió, «¿Jesús? No empieces como ese idiota en la plaza, todos los días gritando que viene el fin del mundo pero no hay que temer porque Jesús puede salvarte.»

«Podemos hablar de eso más tarde. ¿Por qué estás con la banda del Gallo?»

«En realidad no formo parte de la banda, sólo le debo dinero a El Hacha. Estaba atrasado en el alquiler, a punto de que me echaran a la calle. Él tenía carteles, ofreciendo prestar dinero sin garantía»

«¿Te dio dinero sin garantía?»

«Sí, si tienes la reputación de El Hacha, no la necesitas.»

«Doscientos dólares deberían satisfacerle durante unos días. Te ofrezco un *mejor camino*, si estás dispuesto a hacer lo que te pido y cumplir. ¿Estás interesado?»

«Oh, por supuesto sí, ¿qué tengo que hacer?»

«Tienes que ir a Jaysonville, en Tennessee. Mi yerno Carlos trabaja en una fábrica allí. Me ha dicho que están contratando en el Departamento de Embalaje y Expedición. Si te contratan, puedes quedarte unos días con Carlos y mi hija Margarita[1] hasta que encuentres un sitio para ti. Si no te contratan, tengo otro plan. La condición es ésta: asistirás a

---

[1] Carlos y Margarita son personajes principales de la historia *Confía en Jesús*.

la iglesia a la que van Margarita y Carlos durante tres meses.»

«¿Y si no cumplo?»

«El Hacha se interesará por tu paradero.»

Harry fue contratado, y con su familia comenzó una nueva vida en Jaysonville. Como Nathaniel había sospechado, la asistencia a la iglesia empezó a surtir efecto. Sus dudas o problemas para entender algunos puntos del dogma dieron lugar a largas conversaciones con Carlos. Carlos se había convertido hacía un año, así que la religión estaba fresca en su mente.

Un mes más tarde, Nathaniel Cruz caminaba por una calle desierta hacia las diez de la noche. El Hacha y otro hombre le salieron al paso. El resplandor de las luces de la calle reveló la fría conducta del Hacha, los ojos desprovistos de empatía, se le plantó justo en frente y dijo, «¿Dr. Nathaniel Cruz?»

«Sí, ¿qué quiere?»

«Dígame dónde está Harry.»

"¿Por qué cree que yo sé quién es Harry?»

«El Hacha sacó una tarjeta del bolsillo de su camisa y dijo, «Encontramos esto en su apartamento. Así que no me vengas con que no lo conoces. ¿Dónde está?»

«No puedo decirte nada.»

El Hacha dijo, «Oh, lo harás.»

Los dos hombres le metieron en el asiento trasero del coche. José, el socio del Hacha, se sentó junto a Nathaniel, con la pistola en el regazo, apuntándole. El Hacha conducía deprisa. El coche cayó en un gran bache y el impacto lanzó a José y a Nathaniel casi hasta el techo. La pistola se disparó, hiriendo a Nathaniel en el abdomen. El coche chirrió hasta detenerse. El Hacha gritó a José, «¡Tíralo!» En el momento en que arrojaban a Nathaniel del coche, una patrulla de policía giró hacia la calle. José disparó mientras se alejaban pero no alcanzó a la patrulla. La policía alertó a otras patrullas y llamó a una ambulancia.

Cuando Nathaniel despertó en el hospital, su hija Margarita estaba sentada junto a la cama. Casi llorando, le dijo, «Papá, doy gracias a Dios porque te vas a poner bien. El médico dijo que has tenido suerte, que la bala no tocó ningún órgano vital. ¿Cómo te sientes?»

«Doy gracias al Señor porque me voy a recuperar.»

«La policía detuvo a los hombres que te secuestraron, así que tendrás que declarar.»

«Uf... OK. ¿Cómo está la familia?»

«Te echamos de menos. Han pasado ya cinco años desde que murió mamá y tú sigues viviendo solo en esa casa. Te insisto papá, ven a vivir con nosotros.»

Al Dr. Nathaniel Cruz se le ofreció *un mejor camino.*

Fin

Señor, escucha mi oración!

En La Montaña

¡Señor, escucha mi plegaria! ¡Aleja a esa gente de mí!

Esa fue mi oración cuando el ruido de la gente que subía a la montaña perturbó mi paz y mi meditación. Había subido a la montaña para escapar de la algarabía y el sudor de la ciudad y rezar en celestial soledad. Me senté en una gran roca junto a un claro cerca de la cumbre. El aire era fresco, con el aroma de los pinos. Un ligero viento movía las copas de los árboles, que saludaban al cielo. Los pájaros cantaban. Cerré los ojos y respiré profundamente el aire fresco. Y entonces ocurrió. Algunos tontos o pecadores se inmiscuyeron en mi esfuerzo por ser santo. Hacen ruido o hacen cosas de las que no quiero enterarme. *¡Señor, escucha mi plegaria! ¡Aleja a esa gente de mí!*

El profeta Jesús entró por el otro lado del claro con dos de sus discípulos. Lo había visto en la ciudad, había oído decir que se metía con los fariseos y que no era muy exigente con quién se relacionaba.

De repente aparecieron dos hombres. No vi de dónde venían, simplemente estaban allí. Parecían recién llegados del desierto. Por sus ropas no podía decir si eran paganos o algún tipo de Judío. Aunque no estaban tan lejos de mí, era difícil verlos; su aspecto era algo difuso, como humo. Iniciaron una solemne conversación con   Jesús.. Entonces uno de los discípulos se acercó a Jesús y a los dos hombres y empezó a hablar con entusiasmo, agitando las manos y dijo, «Maestro, es maravilloso que estamos aquí.» (Lc 9:30-33)

Sucedió... Yo, yo no sé lo que sucedió. Una intensa luz blanca envolvió a Jesús, su semblante era radiante como el sol, sus vestidos de un blanco resplandeciente. (Mt 17:3, Mc 9:3) Durante un breve instante, mientras le miraba, mi alma se estremeció; me sentí a la vez cautivado y asustado. Un viento aullante sacudió los árboles, sacudió la montaña, me sacudió de la roca donde estaba. Una nube oscura descendió, la niebla se arremolinó alrededor, y una voz salió de la nube, una voz como nunca había oído en mi vida.

La voz proclamó, *«Este es mi Hijo amado, escuchadle.»*
(Lc 9,35)

Grité, «¡Señor, ten piedad!»

Durante un rato permanecí donde había caído, sin moverme; luego levanté la cabeza y miré hacia arriba. El profeta, el profeta -¿es profeta Jesús?- se marchaba con sus dos discípulos. Me quedé allí largo rato, meditando sobre lo que había visto, sobre la voz y sobre Jesús. Me sentía pequeño.

¿Cambiará mi oración en esta montaña?

Fin

Padre, ¿Dónde Está el Cordero?

El Sacrificio de Abraham

Ni siquiera a los ángeles revela Dios la totalidad de sus planes. Nosotros, como humanos, decimos a menudo que «Dios escribe recto con renglones torcidos», sin tener nunca en cuenta que los ángeles, con su inteligencia y capacidades superiores, también podrían sentirse perplejos ante las inescrutables decisiones del Señor.

Un ángel está junto a un hombre en el desierto de Moriah. El ángel es Zuriel[2], que ha acompañado a Abraham y a su hijo Isaac durante varios días, un guardián invisible en su viaje. El hombre, inconsciente de la presencia de su compañero invisible, está ante un altar, cuchillo en mano, listo para el sacrificio. En un instante, los acontecimientos de los días anteriores pasan por la memoria del ángel:

> Soy Zuriel, enviado por Yahvé a la morada de Abraham en Beerseba para custodiar a Abraham y a Isaac en su viaje a las montañas de Moriah. Llegué hace varios días, de madrugada, cuando todos en la casa dormían. La voz de Dios vino a mí con un sueño-mensaje para Abraham. Le susurré el mensaje al oído:
>
>> Toma a tu hijo, tu único hijo, a quien amas -Isaac- y ve a la región de Moriah. Sacrifícalo allí en un monte. (Gn 22:2)

Entonces Yahvé me dio esta orden:

> *En este viaje debes proteger a Isaac de todo peligro. Cuídalo especialmente, pues es la semilla de futuras bendiciones*

.

---

[2]   El nombre Zuriel significa «roca o fuerza de Dios.»

Así, Isaac debe ser sacrificado por su padre, ¿y yo debo protegerlo? Una orden se opone a la otra. ¿Cuál es la intención de Dios?

Abraham se despertó y despertó a la familia, y cuando todos estuvieron despiertos, declaró en voz baja, «La voz del Señor vino a mí en un sueño. Debo ir con Isaac a Moriah, y allí en una montaña ofreceré un sacrificio… para Su gloria.»

Cuando Sara supo que Isaac estaría fuera seis o siete días, temió su ausencia, una desolación provocada por los recuerdos de sus años de esterilidad, «Reí cuando me dijeron que tendría un hijo. (Gn 18:12) Ahora que tengo un hijo, lloraré su ausencia.»

Dos jóvenes de la casa de Abraham fueron comisionados para el viaje y se cargaron provisiones en un burro.

Cuando el grupo se preparaba para partir, Sara dijo a Abraham, «*Cuida de mi hijo.*»

Abraham cerró los ojos un momento y no respondió. Pensó, «*¡Oh Señor, ayúdame!*»

Partieron al amanecer; uno de los jóvenes encabezaba el grupo y el otro iba detrás, guiando al burro. Los hombres estaban algo confusos y sorprendidos por el inesperado y repentino viaje.

El joven que iba delante estaba pensativo:

Qué extraño En el pasado siempre hemos sabido con algunos días de antelación de un viaje. El Maestro estaría de buen humor. Por el camino nos hablaba de Yahvé, de lo mucho que nos ama y de que debemos obedecerle siempre. Pero ahora está triste y no dice nada. El Maestro siempre ha sido bueno con nosotros. Ruego al Señor que lo consuele.

El otro joven resintió esta interrupción de sus planes; sus pensamientos estaban impregnados de odio y malicia:

Hoy iba a visitar a Abigail; me dijo que su padre estaría fuera tres días, que podríamos tener una agradable visita sin que nos espiara. Pero no, me voy a ninguna parte por el sueño de un loco. Hace calor y el burro apesta. Tal vez con este calor el viejo muera, entonces su hijo estaría en nuestras manos. El niño debería valer algo, si puedo hacer que ese imbécil de ahí delante lo entienda. Hum, ¿tal vez el viejo podría morir... de alguna otra manera?

El grupo siguió adelante durante tres días y tres noches. Aquellas noches Abraham durmió poco, velando en silencio y en soledad a su hijo dormido.

Cuando estuvieron cerca de las colinas de Moriah, Abraham dijo a los jóvenes, «Quédense aquí con el burro; yo y el muchacho iremos allá a adorar...» (Gn 22:2)

Abraham e Isaac continuaron juntos la marcha. Isaac estaba preocupado:

> Papá nunca ha sido así. No dice nada, y cuando me mira... cuando me mira... se siente... extraño, como si estuviera mirando a otra persona. Es viejo, ¿lo ha olvidado? Entonces Isaac preguntó, «Padre, ¿dónde está el cordero para el holocausto?»

«Dios mismo proveerá el cordero para el holocausto, hijo mío.» (Gn 22:8)

Mientras avanzaban, Abraham, en silenciosa oración, buscaba una señal, un indicio de que habían llegado al lugar del sacrificio. Entraron en un claro llano con un matorral en el extremo donde el suelo se eleva de nuevo. Abraham vio una gran roca cerca del centro del claro. Zuriel se acercó a Abraham, y una vez más el susurro de un ángel se convirtió en una voz interior con un mensaje de Dios:

Este es el lugar.

Utilizando la roca como base, Abraham e Isaac construyeron un altar con pequeñas piedras planas que esparcieron por el claro. Luego se arrodillaron para rezar. Abraham puso su mano sobre el hombro de Isaac y conversaron. Zuriel no escuchó lo que decían. Un ángel puede oír lo que dice un mortal a gran distancia, pero no tienen el interés morboso en la intimidad ajena que podría tener un humano, y respetan la dignidad que Dios dio al hombre.

La conversación terminó con un momento de oración silenciosa. Isaac sonrió y asintió con el rostro sereno. Colocaron leña en el altar, Isaac se tumbó en él y su padre lo ató -siguiendo la costumbre- con intensa determinación conteniendo las lágrimas.

Ahora, está de pie junto al altar, cuchillo en mano, en silenciosa pena, mientras la oposición de un amor a otro - por Dios y por su hijo- frena momentáneamente su obediencia. Sabe que obedecerá, a pesar de su agitación interior:

> ¿Por qué, Señor, por qué? ¿Por qué te has vuelto contra mí? ¿No he sido fiel? ¿Dónde está mi culpa? ¿Crees que te amo menos por amor a mi hijo? ¿No te estoy obedeciendo, aunque mi alma esté destrozada y mi corazón vacío del deleite, la alegría de tu presencia? ¿Y no es mi obediencia también amor? ¡Oh Señor, ayúdame!

Abraham llora. Es el momento del sacrificio. Obedeciendo la orden de Dios, Zuriel detuvo la mano que descendía con el cuchillo. En un instante le llegó la voz de Yahvé:

> *Abraham, Abraham, no pongas tu mano sobre el muchacho, pues ahora sé que temes a Dios.'* (Gn 22: 12)

Un joven carnero estaba cerca. Zuriel cambió el aspecto del matorral tras el que se encontraba, dándole figura como de otro carnero. Cuando el joven carnero trató de embestirlo, se atoró entre las ramas por sus cuernos. Abraham entonces, capturó el animal para el sacrificio.

Si un ángel pudiera emitir un suspiro de alivio, eso es lo que haría Zuriel. La oposición desapareció revelando así el plan de Dios.

Abraham e Isaac volvieron con los jóvenes y el burro. Para el regreso a Beerseba, Abraham cambió los lugares de los dos jóvenes. Le dijo al de delante, «Ten paciencia, pronto estaremos en Beerseba y podrás visitar a Abigail.»

«Maestro, ¿sabes?»

«Yo sé lo que pasa en mi casa. Si tus intenciones son honestas, te apoyaré; si no, te enviaré a Abimelec. No es Israelita y necesita a alguien que cuide de sus cerdos.»

El odio del joven se transformó en admiración, y sus intenciones se volvieron honestas.

Zuriel regresó a su principado. Un ángel menor, Yahoel[3], fue designado para custodiar a Abraham e Isaac en su viaje de regreso a casa. Cuando llegaron a Beerseba, Sara, gozosa, salió corriendo a recibirlos y Abraham le dijo: *«Aquí tienes a tu hijo.»*

Fin

---

[3] Nombre de un ángel en el Apocalipsis de Abraham.

Cría de víboras!

El Primo de Juan

Mi madre tenía un secreto. Sin ninguna explicación decía: "Cuando conozcas a tu primo, sabrás lo que debes hacer." Tras su muerte, me fui a vivir a la comunidad de Qumran[4]. Pensé que su vida comunitaria aliviaría mis incertidumbres. Con ellos aprendí a bautizar, pero su espiritualidad no me convencía, así que me fui a vivir al desierto. Amo el desierto, porque allí Yahvé me habla en el viento nocturno que irrumpe en los cañones, impacientes palabras de fuego que exigen ser escuchadas: (Jr 20:9)

_____

[4]   La comunidad de Qumrán se identifica generalmente con los esenios, una secta religiosa que vivía aislada en esta región al oeste del Mar Muerto.

¡Ay de los que hacen leyes injustas... privan a los pobres de sus derechos... para que las viudas sean su botín... hacen del huérfano su presa! ¿Qué harán el día del juicio final, cuando la desolación venga de lejos? (Is 10:1-3)

El mensaje es una llama que arde en mi corazón y a la que no puedo resistirme. Desciendo al río, donde Josué y todo Israel pasaron de la servidumbre a la libertad en la tierra de la leche y la miel (Nm 14:8), y aquí predico un bautismo de arrepentimiento para el perdón de los pecados. La gente tienen miedo y preguntan, «¿Qué hacemos?»

Pienso en lo que decía mi madre y les digo, «El que tenga dos camisas que comparta con el que no tiene, y el que tenga comida que haga lo mismo.» (Lc 3:11) Vienen multitudes a bautizarse, y yo las prevengo:

Cría de víboras! ¿Quién os advirtió que huyerais de la ira venidera?» (Lc 3:7) y «El hacha está ya en la raíz de los árboles. (Lc 3:9)

¿Quién es este hombre que se acerca? Lo siento familiar. Alguien dice, «Mira, va a bautizar a su primo.» ¡Mi primo! ¿Por eso mi alma tiembla de alegría? Percibo su santidad, que despierta en mí el recuerdo de otro encuentro con Él.

(Lc 1:44). Le digo que debe bautizarme, pero no está de acuerdo. Cuando sale del agua, veo una paloma que desciende sobre él y oigo la misma voz que me habló en el desierto, decirle a Él:

Tú eres mi hijo amado, en ti me complazco.
(Mc 1:9-11)

Ahora sé lo que debo hacer: Denunciaré las maldades del rey Herodes y le diré a esa víbora que no le es lícito acostarse con la mujer de su hermano. Y daré testimonio de que Jesús es el Cordero de Dios, porque es necesario que El crezca y que yo disminuya. (Jn 3:30)

Fin

Maestro, ¿qué debo hacer?

Jesús y el Joven Rico

Estuve contento esta mañana; el día empezó bien. Salí al campo para ver cómo avanzaban las obras de mis nuevos silos. Qué buena idea fue el año pasado alquilar más tierras. Este año parece que la cosecha será buena y los silos estarán llenos. Podré estar con calma durante un buen tiempo.

Volví al pueblo. Quería ver a Jesús del que todo el mundo habla. Dicen cosas asombrosas sobre él y que los fariseos son incapaces de responderle. Por eso vine, porque creo que puede ayudarme a entender mejor nuestra religión.

Oh, mira, una multitud en la calle. Jesús debe de estar allí. Parece un grupo muy extraño: Fariseos, mercaderes, pobres, incluso un recaudador de impuestos, Judíos, y también algunos samaritanos y paganos.

Vi que entre la multitud, Jesús se volvió y se encontró de frente con una anciana que había estado agarrando su túnica por detrás. Le dijo algo; luego ella se marchó rápidamente, saltando de alegría como una niña.

Me acerqué a Él y le dije, «Maestro bueno, ¿qué debo hacer para heredar la vida eterna?» (Mc 10:17)

"¿Por qué me llamas bueno?» Respondió Jesús. «Nadie es bueno, sino sólo Dios. Conoces los mandamientos: 'No matarás, no cometerás adulterio, no robarás, no darás falso testimonio, no defraudarás, honra a tu padre y a tu madre.' " (Mc 10:18-19)

«Maestro, los he guardado todos desde mi más tierna infancia.» (Mc 10:20)

Él me miró, con amor; su sonrisa encendió mi afecto, y luego me dijo:

Anda, vende lo que tienes y da el dinero a los pobres, así tendrás un tesoro en el cielo, luego ven y sígueme. (Mt 10:21)

No lo pude creer. Primero me sentí muy bien, pero luego, con esas palabras impactantes, me estremecí. ¡No tiene sentido! Obedezco la ley, rezo, trato bien a mis trabajadores y doy a los pobres. ¿Por qué debía regalar todo lo que Dios me ha dado por ser bueno?

El joven se marchó, meneando la cabeza, enumerando interiormente todas sus riquezas. Volvió a los campos para ver cómo iban los trabajos en sus silos, mientras Jesús seguía hablando a la multitud en parábolas.

El joven no le oyó decir:

«¡Necio! Esta misma noche se te pedirá tu alma.» (Lc 12:20)

Fin

¡Señor, estamos perdidos!

La Tempestad Calmada

Cuando su prometida murió de una enfermedad repentina y desconocida, pocos días antes de su boda, los sueños de Seth se convirtieron en angustia; el mar se convirtió en su refugio. Prefería el constante golpeteo de las olas y la lastimera llamada de las gaviotas en lugar de las conversaciones ociosas que chocaban con el ardiente vacío de su corazón. Así pues, trabaja como pescador y marinero; a veces en los barcos que transportan pasajeros y mercancías entre los puertos de Tierra Santa, pero sobre todo en las barcas que hacen doble servicio en el mar de Galilea para pescar y como transbordadores[5].

Seth tenía un amigo que se había convertido en seguidor de Jesús. Este amigo proclamaba que Jesús era el Mesías, pero Seth, cegado por su angustia, no lo entendía. Su amigo le llevó al río y le presentó a Andrés. Cuando Jesús decidió cruzar el Mar de Galilea (Mc 4:35), Andrés tomó la mano de Seth y le dijo, «Ven, puedes ayudarnos. Toma el timón.»

A última hora de la mañana ya estaban en marcha con 15 pasajeros a bordo, entre ellos Simón, el hermano de Andrés, y Judas, el que se ocupaba de los fondos de los discípulos. Simón y Andrés llevaban los remos. No tenían mucho que hacer, pues la barca navegaba con una pequeña brisa. Judas estaba sentado en medio de la cubierta, con aspecto un poco enfermo y aferrado a su bolsa de dinero. Jesús se acercó a la popa para descansar en la cabina. Miró a Seth en la cubierta superior y sintió su pena. Seth miró a Jesús y

---

[5] Los barcos más grandes tienen una eslora de 30 pies, una manga de 9 pies y un francobordo de 3 ó 4 pies. Pueden tener una cubierta superior en la popa, donde se encuentra el timón. Bajo esta cubierta hay una cabina donde pueden descansar la tripulación o los pasajeros. En medio del barco hay espacios para los remos a cada lado. También hay un mástil delgado con una botavara.

luego se apartó bruscamente, confuso, con su pena como un velo sobre la Luz.

Cuando el barco llegó al centro del lago, el viento amainó por completo. En el silencio que siguió, los pasajeros, expectantes, dejaron de hablar. Un viento rugiente golpeó la barca, (Mc 4:37) haciéndola girar de tal manera que la proa casi apuntaba hacia la orilla de la que habían partido. El impacto derribó a todos. Seth gritó a Andrés, «¡Suelta la vela!», pero era demasiado tarde; el mástil se rompió y dejó la vela colgando sobre la borda. Simón, aferrado a su remo, estaba aterrorizado. Andrés, con determinación, intentó ayudar a controlar la barca con un remo. Judas fue arrojado de un lado a otro de la cubierta, aferrándose a las monedas que rodaban tras haberse derramado de la bolsa del dinero. Las olas se levantaron, chocando contra el costado de la barca e inclinándola hasta que entró agua. Seth forcejeó desesperadamente con el timón, tratando de mantener el barco apuntando hacia el viento.

Finalmente, alguien pudo acercarse a la cabina y gritar, «¡Señor, estamos perdidos!» (Mc 4:39)

Jesús salió de la cabina. Inmediatamente, una ola se estrelló contra la barca frente a Jesús, empapándolo. Levantó el brazo y señaló en dirección a la tormenta. Seth se quedó estupefacto: el viento amainó al instante, las olas se desplomaron (Mt 8:26) y sobrevino una gran calma como el de un caluroso día de verano. De algún modo, ahora estaban cerca de la orilla.

Jesús se volvió y miró a Seth. Una gaviota llamó tristemente, volando en círculos sobre el barco; las olas golpeaban el casco. Aunque Jesús no pronunció una sola palabra, Seth escuchó claramente en su interior

Conozco tu dolor. No estás solo.

Seth miró a Jesús embargado de amor, de paz y de consuelo. Estuvo seguro de que Jesús calmaría las tempestades de su alma.

Fin

Melchior, Balthazar, Gaspar

Los Reyes Magos

Frahāt IV, rey del Imperio Parto del 37 al 2 A.C.[6], comenzó su reinado con el asesinato de su padre, su hijo y sus treinta hermanos, eliminando así a la mayoría de los pretendientes arsácidas[7] al trono.

---

[6] Los biblistas e historiadores que estudian la Antigüedad creen que la fecha de nacimiento de Jesús se sitúa entre el 4 y el 6 A.C.

[7] Arsácida: Miembro de la familia real, descendiente directo del rey Arsaces 1.

Melchor, mago principal del Imperio, sabía que era imperativo que el rey no se enterara de la existencia de otro pretendiente. Así que se reunió con Baltasar y Gaspar, dos de sus compañeros de mayor confianza, y les dijo:

> He visto un presagio en el este como predijeron las antiguas escrituras: 'una estrella anuncia el nacimiento de un gran rey.' Es imperativo que vayamos a rendirle homenaje. Debemos obtener apoyo para el viaje de nuestro rey, pero él no debe conocer el verdadero objeto del viaje. Si el niño es un Arsácida el Rey Frahāt manda que lo maten.

Tres semanas antes de esta reunión, Melchor había llamado a dos de sus sirvientes, y les dijo:

> Estoy confiando un mensaje importante a cada uno de ustedes. Lleva mi sello, así que no habrá duda de que es auténtico. Mazaeus debes ir a Seleucia, encontrar a Baltasar, y darle el mensaje. Y tú, Cambesys, debes ir a Ctesiphor y darle el mensaje a Gaspar. El mensaje es:
>
>> Saludos de Melchor en Ecbatana. He encontrado referencia a Herodes, rey de los judíos, en el libro del profeta Daniel. (Dn 11:36-39) Necesito

consultarte porque creo que estas profecías mostrarán al rey Frahāt cómo tratar con Herodes.

Entrega el mensaje, luego quiero que entregues otro mensaje verbalmente. Este es el mensaje:

Tienes un mensaje con mi sello. El mensaje es para ti, pero no tengas cuidado con él. Quiero que los espías del rey lo reciban, para que el rey no se sorprenda cuando nos acerquemos a él.

Melchor, hombre precavido, hizo repetir el mensaje a los criados hasta que estuvo seguro de que no lo olvidarían.
Ahora, tres semanas más tarde, los Tres Reyes Magos[8] estaban reunidos para su encuentro. Melchor preguntó a Baltasar, «¿Los espías del rey se apoderaron del mensaje?»

«Sí, me descuidé y lo perdí», dijo Baltasar con una sonrisa cómplice. "¿Está Gaspar aquí?"

---

[8] Los Tres Reyes Magos: Melchor, jefe de los Magos del Imperio Parto; cuidadoso y astuto; Baltasar, un hombre grande y musculoso de sonrisa fácil, intelectualmente seguidor, pero siempre dispuesto a ayudar en cualquier situación; Gaspar, un hombre pequeño y enjuto que tiene un gran conocimiento de las escrituras y profecías judías. Melchor y Gaspar son judíos, Baltasar sigue a Zoroastro.

Y mientras hablaba, llegó Gaspar, un hombre pequeño y enjuto que tenía un vasto conocimiento de las escrituras y profecías judías.

Melchor preguntó a Baltasar y a Gaspar, «¿Has visto la estrella?»

Baltasar respondió, «No.»

Gaspar replicó, «Yo vi la estrella hace tres semanas y estuve buscando en las Escrituras una profecía sobre ella.»

Entonces Melchor preguntó a Gaspar, «¿Qué dice la Escritura?»

Gaspar respondió, «En el libro de los Números, el vidente Balaam dice:

> Lo veo, pero no ahora; lo contemplo, pero no cerca; Una estrella saldrá de Jacob, Un cetro se levantará de Israel... » (Nm 24:17)

Después de que Gaspar explicara con más detalle las profecías del libro de Daniel, solicitaron una audiencia con el rey Frahāt.

El rey, habiendo leído el mensaje plantado por Melchor, concedió inmediatamente la audiencia y dijo, «¿Qué pide?»

Melchor respondió, «Majestad, no hemos venido con una petición. Hemos venido a informar a su majestad de lo que las profecías sagradas revelan sobre sus enemigos.»

«¿Qué dicen de mis enemigos?»

Melchor respondió, «Roma está esperando. A través de su perro Herodes, sabrán cuando esté débil.»

«Entonces, ¿qué debo hacer, para que no sepan cuando soy débil?»

Dijo Gaspar:

> Haga Ud. un pacto de amistad con Herodes. Aunque tiene un pacto con los romanos, está inquieto y no confía en ellos. Envíele regalos de oro y joyas. Nosotros también iremos a Jerusalén, como intérpretes de sueños y de escritos sagrados. Le diremos lo que quiere oír. Envíe algunos jóvenes a su corte para que sean educados en los caminos de occidente. Los considerará rehenes, pero serán espías que le advertirán si Roma trama algo. Y se sentirá seguro,

pues si hay peligro de un lado, tendrá apoyo del otro. Todo esto debe hacerse con discreción; por eso, iremos como peregrinos de casta sacerdotal, santos pero ricos.

El rey Frahāt aprobó la delegación y accedió a proporcionar regalos de oro y joyas preciosas, así como provisiones. Un noble parto, aliado político de Melchor, aportó incienso y mirra. Dos meses más tarde estaban listos para el viaje, con un séquito de mil soldados de caballería, cuidadores de animales, una docena de sirvientes y dos cocineros. Tenían tres camellos, para Melchor, Baltasar y Gaspar. Nueve «sabios» de menor rango les acompañaban a caballo. Después de tres meses de viaje, llegaron a Jerusalén.

Las noticias de la caravana parta que se acercaba preocuparon al rey Herodes. No podía imaginar que tuvieran intenciones pacíficas. Cualquier problema con los partos pondría en peligro su reinado. No había olvidado cómo Marco Antonio había eliminado a su rival Antígono para que él pudiera convertirse en rey de los judíos. Cuando la caravana llegó a Jerusalén, Melchor informó a los guardianes de la puerta, «Hemos venido a ver al rey; tengo un mensaje para él de parte del rey Frahāt.»

El guardián de la puerta dijo, «Los tres en camello pueden entrar. Su escolta armada debe acampar fuera de la ciudad.»

Inmediatamente fueron llevados ante el rey Herodes, quien les preguntó, «¿Cuál es vuestra misión?», mientras pensaba que el rey Frahāt les había enviado con unas exigencias imposibles, como pretexto para iniciar hostilidades.

Se sintió aliviado cuando Melchor dijo:

> Traigo saludos del rey Frahāt. Y regalos para asegurarle su estima por Su Majestad. Sabe que fue educado en Roma; que es una persona culta en muchas artes. Tengo dos jóvenes aquí que están ansiosos por unirse a su corte y aprender las artes de occidente. Acepte Ud. su oferta de amistad para garantizar la paz para su pueblo y el nuestro.

El rey Herodes respondió, «La propuesta me agrada, pero debo consultar con mis consejeros. Dile al rey Frahāt que le enviaré una delegación con mi respuesta.»

Entonces Melchor dijo:

Enviaré un mensajero al rey Frahāt, para informarle que su delegación está en camino. Y ahora hablaré por mí mismo. ¿Dónde está el que ha nacido Rey de los Judíos? Porque hemos visto su estrella en Oriente y hemos venido a rendirle homenaje. (Mt 2:2)

Al oír esto Herodes se turbó, pensando:

Mi gente no ha visto una nueva estrella. ¿Está tratando de engañarme? ¿Quizás quiere encontrar un rey potencial y declarar que es el rey de Partia? ¿O de los judíos? Es un mago, así que creerá a mis sacerdotes. Mis sacerdotes encontrarán el lugar, entonces cuando estos partos encuentren al nuevo rey, lo mataré.

Herodes dijo a Melchor, «Consultaré con los sumos sacerdotes y los escribas. Vuelve mañana y te diré el lugar.»

Más tarde Gaspar le dijo a Melchor, «Será Belén.»

Los sumos sacerdotes informaron a Herodes de que el niño nacería en Belén. Entonces Herodes, engañador como era, pidió a los Magos informarle cuando encontraran al niño; así él también podría rendirle homenaje.

Su escolta permaneció fuera de Jerusalén, mientras los Magos se dirigían a Belén, siguiendo la estrella que les precedía. Les acompañaban dos soldados de caballería como guardias y dos de los sabios.

De repente, Baltasar exclamó, «¡Mira! La estrella se ha detenido."

Los magos desmontaron y se acercaron a una casa iluminada por la luz de la estrella que estaba sobre ella. José oyó el ruido de la llegada de los Magos y abrió la puerta. Se alarmó al ver a los Magos, guardias armados, camellos y caballos, y se sintió aliviado cuando Melchor dijo, «Hemos venido a rendir homenaje al rey recién nacido.»

Dejando a los guardias, entraron en la casa   (Mt 2,11) esperando ver a un príncipe al que le correspondían sus regalos de oro, incienso y mirra, homenaje que se le rendía según la costumbre persa. Vieron a un niño de unos dieciocho meses en el regazo de una mujer sencillamente vestida, su madre, sentada en una vieja silla de madera. Pero la Divinidad no iba a ser negada. Cuando Melchor vio al Niño, la alegría se apoderó de él y cayó de rodillas. Gaspar se arrodilló lentamente, sin apartar la mirada del Niño, viendo a la Divinidad a través de sus lágrimas. Baltasar, que era seguidor de Zoroastro, miró a los otros dos, y luego también se arrodilló, sintiendo en su corazón un nuevo amor. Los dos sabios, también seguidores de Zoroastro, se arrodillaron, sin saber por qué.

Después de haber entregado los regalos de oro, incienso y mirra, Gaspar, inspirado por el Espíritu, dijo, «Ahora sé que por fin ha venido el Salvador de Israel, el Rey anunciado por la Escritura, el Mesías de nuestra esperanza. Y me lleno de alegría, recordando lo que dice la Escritura:

> *Levántate, resplandece, porque ha llegado tu luz... Los gentiles vendrán a tu luz, y los reyes al resplandor de tu aurora... Porque un Niño nos ha nacido... Y se llamará su nombre Admirable, Consejero, Dios Fuerte ... (Is 60:1.3), (Is 9:6)*

Y sonriendo añadió, «Y tú, María, eres nuestra Reina.»

A los Magos les dieron una habitación para dormir, mientras su escolta acampaba fuera. Advertidos en sueños de no volver a Herodes, decidieron tomar el Camino del Norte hacia Jericó, y de allí a Tiberíades. Enviaron a los dos sabios a la escolta acampada fuera de Jerusalén con este mensaje:

> Quédense en Jerusalén un día más. Luego regresen por la misma ruta que llegamos. Nosotros iremos

por otro camino. A paso veloz lograrán alcanzarnos en Tiberíades.

Aunque no les resultó fácil dejar a la Sagrada Familia y el aura de amor divino que les rodeaba, prepararon su regreso a Partia. Melchor y Baltasar se ocuparon de los detalles del viaje. Gaspar pasaba el tiempo con la Sagrada Familia, casi siempre en silenciosa adoración, maravillado de cómo las Escrituras, que tan bien conocía, señalaban al Niño. Se dio cuenta de que volverían a Partia con un tesoro espiritual de mucha mayor importancia que el homenaje a un rey terrenal que habían previsto en un principio.

Una vez de vuelta en Partia, predicaron a sus compatriotas Judíos que el Mesías había llegado en la persona de Jesús. Gaspar, cuyo contacto con la Sagrada Familia y la adoración del Niño Jesús le habían inflamado espiritualmente, hizo creer a muchos con su testimonio de que Jesús era el Mesías. Baltasar se convirtió al judaísmo y se hizo creyente en Jesús. Melchor, cuando predicaba, proclamaba la historia de su viaje:

He visto un presagio en oriente:

'Una estrella anuncia el nacimiento de un gran rey,'

Fin

Un soborno del 10 por ciento

Confía en Jesús

Carlos Mier está esperando.... sonríe a su esposa Margaret, saluda con la cabeza a sus amigos de la comunidad y empieza a recordar, hace año y medio...

No se puede ser a la vez esclavo de Dios y del dinero.
(Lc 16:13)

La semana pasada conseguí por fin un trabajo, en la administración de Cocinne, una fábrica de electrodomésticos de cocina. Justo a tiempo; me estaba quedando sin dinero, y mi mujer está a punto de dar a luz a nuestro segundo hijo. Me contrataron como ayudante del jefe de compras. Como ayer mi jefe estuvo mucho tiempo fuera de la oficina, tuve que atender a los pocos vendedores que se presentaron.

Uno de ellos me dijo, "Mira, necesito tu ayuda. Haz todo lo que puedas para que aprueben esta venta y te daré un diez por ciento de soborno."

Mi mujer Margaret es religiosa; ¿qué diría de un diez por ciento de soborno? Me diría que rezara, y yo diría que si sin mucha intención, aunque al final me ha convencido para que rece un poco. Así que, antes de ir a trabajar esta mañana, he abierto la Biblia y he leído:

No se puede ser a la vez esclavo de Dios y del dinero.
(Lc 16:13)

No me gustaba la idea de 'esclavo»,' pero entendía lo que quería decir el texto. Me preocupé por ello de camino al trabajo. No puedo ser esclavo del dinero; no tengo mucho. O quizá por no tener mucho soy esclavo. Sabía que si aceptaba la oferta de este tipo volvería a hacerlo. Al final mi jefe se enteraría y perdería mi trabajo. O podría ir a la cárcel. Quizá, si era lo bastante listo, no lo descubrirían. Sólo tendría que tener cuidado de que no pareciera que tenía demasiado dinero. Así que mis pensamientos daban vueltas y vueltas, y no podía decidir qué hacer. ¿Y qué pensaría Margaret si lo hiciera?

Y entonces recordé una conversación que tuvimos Margaret y yo antes de casarnos. Ella es católica y yo no voy a la iglesia. Podía aceptar la mayor parte de lo que la Iglesia exigía para un matrimonio mixto; no me parecía tan importante. Sólo me molestaba una cosa: que no se aceptara el divorcio. Le dije a Margaret, «¿Y si en algún momento del futuro ya no nos queremos?»

Y ella respondió, «Eso no ocurrirá. Mi amor por ti se basa en mi amor por Jesús. Aunque digas que no me amas, sabrás que yo te sigo amando. No desaparecerá. Mi confianza está en el Señor, y si estás a mil kilómetros de distancia, sabrás que aún te amo. Volverás. Y te digo, confía en Jesús, no te decepcionarás.»

Al día siguiente, el vendedor volvió e insistió en voz baja, «¿Has descubierto cómo hacerte más rico? Si hacemos una transacción que merezca la pena, quizá pueda endulzarte un poco más tu parte. ¿Te parece bien un doce por ciento?»

> *soborno: doce por ciento.*
> *No puedes ser a la vez esclavo de Dios y del dinero.*
> *Te digo, confía en Jesús.*

Le dije, «Sí, ya sé qué hacer. No te vamos a comprar nada. Te he denunciado a mi jefe como proveedor deshonesto y poco fiable.»

Me sentí muy bien. Esa noche le conté toda la historia a Margaret. Estaba encantada y me dijo, «Te dije que confiaras en Jesús.»

Los hijos son una herencia de Yahveh... una recompensa.
(Sal 127:3)

Aquella noche nació mi segundo hijo. Mi alegría se vio atenuada al pensar que ese niño inocente casi tenía un padre criminal. A la mañana siguiente, me preocupé cuando la secretaria del director vino al despacho y me dijo, «Carlos, ve al despacho del director; quieren hablar contigo.» Le había contado a mi jefe lo del soborno. ¿Acaso sospechaban alguna falta de honradez por mi parte?

«Parece que te has enterado muy rápido de cómo hacemos las cosas aquí," dijo el director. Tenemos una vacante en control de inventarios. Si te interesa, tendrás que asistir a algunas sesiones de formación. En lugar de trabajar media jornada los sábados, como haces ahora, tendrás que asistir a sesiones durante todo el día, cuatro sábados. Además, tendrás material para estudiar en casa. Por supuesto, el puesto paga un poco más de lo que ganas ahora. ¿Te interesa?»

«Sí, me interesa. ¿Cuándo empieza la formación?»

Carlos asistió a la formación con la firme intención de hacerlo bien. Aunque algunas de las matemáticas le resultaron difíciles, persistió y terminó la formación bien preparado para su nuevo asignación laboral.

Terminada la formación, empezó a trabajar en el control de inventarios. Compartía la oficina con Irving Moure, un hombre de treinta y seis años adusto y malhablado. Moure era perezoso, pero tan experto que podía ponerse al día justo a tiempo para cumplir un plazo. Dos empleados que habían ocupado el puesto antes que Carlos habían renunciado disgustados y consternados por la personalidad maleducada y abusiva de Moure.

En su primer día en su nuevo trabajo, Carlos llegó pronto a la oficina. Cuando Irving Moure llegó y vio que llegaba pronto dijo, «¡Jesucristo, otro de esos!»

«¿Otro de qué?», preguntó Carlos.

«Bueno, el último tipo que estuvo aquí era más imbécil que el anterior. ¿Vas a hacer lo mismo?»

«Me concentraré en hacer un buen trabajo. Si es lo mismo o no es tu problema.»

«Hacer un buen trabajo, hacer un buen trabajo», se burló Moure, "Otro buen chico de mierda que quiere ser un santo".

Carlos hizo caso omiso de la última burla de Moure y se puso a revisar los programas de producción que le habían asignado. Durante más de un mes Carlos se negó a entrar en una pelea verbal con Moure, ignorando sus insultos y burlas todo lo que podía. Cuando Margaret le preguntaba cómo le iba en su nuevo trabajo, él se limitaba a decir: « Bien." Al cabo de un mes, la tensión afectaba a su trabajo. Así que le contó a Margaret lo que le pasaba, y ella le dijo:

¿No te he dicho que confíes en Jesús? Él nos dice que amemos a nuestros enemigos, les hagamos el bien y los bendigamos. Eso no significa que lo ames como me amas a mí, sino que quieras el bien para él. No lo odies ni discutas con él, eso es caer en la trampa del diablo.

Haced el bien a los que os odian, bendecid a los que os maldicen."   (Lc 6:27-28)

Como la situación en la oficina no había mejorado con mi silencio y mi negativa a involucrarme en una guerra verbal, decidí probar a la manera de Margaret. Cuando al día siguiente llegué intencionalmente tarde a la oficina, Irving empezó alegremente, «Oh, buen chico llegaste tarde, qué apestosa vergüenza.»

«Veo que hoy te encuentras bien. Que Dios te bendiga.»

Moure miró fijamente a Carlos y murmuró en voz baja, «¿Dios... me bendiga?» Luego reaccionó con carácter, diciendo: «¿De qué demonios estás hablando? ¿Intentas influenciarme con tu sentimentalismo supersticioso? Olvídalo, buen chico, no voy a ser tu bobo.»

«Sólo te deseo lo mejor, sin ánimo de ofender.»

Ambos se volvieron a su trabajo. El resto del día transcurrió tranquilo, sin insultos ni palabras malsonantes. Cuando Carlos volvió a casa del trabajo, preguntó a Margaret, «¿Cuándo es la próxima clase de catecismo? Voy a ir. Pero sólo porque así tendré munición contra Irving.»

Quien hace caso de la instrucción va por el camino de la vida...(Pr 10:17)

Así que Carlos se matriculó en la clase de catecismo y, como había imaginado, le proporcionó «munición» para sus encuentros con Moure. Cuando Moure recurría a insultos soeces para sacar de quicio a Carlos, no se le hacía caso, pero cuando Carlos decía entonces algo que era una referencia al material de su clase de catecismo, provocaba una discusión, y de este modo Moure conseguía la atención y el intercambio con el otro que necesitaba. Carlos, al ponerse de parte del catequista, se convencía a sí mismo.

Una mañana, el molesto de Moure dijo, «¡Jesucristo! Esos cabrones de producción han vuelto a cambiar el calendario."

Charles dijo, «¿Por qué dices 'Jesucristo' así?»

«Porque... um, llama la atención.»

«¿Sabes quién es Jesucristo?»

«Es un tipo al que mataron los judíos. Dicen que su madre era virgen, pero yo no lo creo. Eso es una idiotez. No soy Cristiano desde hace mucho tiempo.»

«¿Alguna vez has oído hablar de dos naturalezas en una persona?»

Empezando por una explicación de las dos naturalezas de Cristo, Charles convenció finalmente a Moure de que su manera de utilizar el nombre de «Jesucristo» era una ofensa a Dios. Aunque no estaba seguro de la divinidad de Jesús, decidió que era más seguro no hablar así. Así que, tras unos cuantos intentos fallidos, consiguió eliminar al nombre de Jesús como exclamación de su vocabulario.

...la oración de fe restablecerá al que está enfermo (Sant 5:15).

Dos semanas más tarde, Carlos miró a Moure mientras estaba inclinado sobre su trabajo y vio que no tenía su ceño fruncido habitual.

Carlos le dijo, «¿Qué te pasa, Irving? No pareces muy hábil hoy.»

Moure se dio la vuelta, con un suspiro que casi acabó en sollozo.

«Lo siento. ¿Puedo ayudarte?»

En voz baja, Moure dijo, «Mi hijo está muy enfermo.»

«No sabía que tuviera un hijo, ni familia.»

«Mi hijo es la única familia que tengo. Cuando tenía veinte años, dejé embarazada a una fulana y me casé con ella. Tuvimos un hijo, mi hijo Ronaldo. Entonces esa idiota se metió en las drogas. Estábamos en pleno divorcio cuando murió de sobredosis.»

«¿Qué le pasó a tu hijo?»

«Estaba en una pelea. Empezó con uno, luego se unieron algunos más. Cuando cayó, le dieron patadas en la cabeza. Está en coma. El médico dice que está muy mal.»

Por primera vez en su vida, Carlos se sintió movido a rezar y dijo, «Rezaré por él.»

Moure guardó silencio. Pero a partir de ese momento Carlos dejó de ser «el buen chico de mierda.» Dos días después, el chico se despertó. Con la resistencia propia de un chico de dieciséis años, se recuperó completamente del trauma en una semana. Los argumentos del catequista continuaron, pero a otro nivel. Moure, aunque no aceptaba del todo el material religioso, veía al menos la posibilidad de lo sobrenatural. Carlos, convencido al ponerse del lado del catequista en las discusiones con Moure, decidió hacerse catecúmeno en la iglesia. También empezó a acompañar a Margaret a misa. Margaret estaba extasiada.

Ahora, varios meses después, Carlos Mier está en la Iglesia, esperando.... sonríe a su mujer, saluda con la cabeza a su amigo Irving Moure y recuerda que hace año y medio comenzó este viaje:

Carlos, yo te bautizo en el nombre del Padre, y del Hijo y del Espíritu Santo.

Fin

He aquí la esclava del Señor

La Anunciación

En una pequeña habitación iluminada por la cálida luz de una lámpara de aceite, una joven se arrodilla en oración. Totalmente inmersa en la adoración de su amado, no es consciente del paso del tiempo ni de la extensión del espacio. El Arcángel Gabriel llega y se hace visible. Ella siente su presencia, abre los ojos y se sitúa serenamente ante el ángel, radiante por la oración. Gabriel proclama:

Salve, llena de gracia, el Señor es contigo. (Lc 1:28)

El saludo, peligroso para la humildad, inquieta a María. El ángel recita el mensaje que ha recibido de la voz de Yahvé. María cuestiona la profecía de Dios, una simple pregunta sobre una imposibilidad. El ángel Gabriel completa el mensaje y espera la respuesta de María.

«He aquí la esclava del Señor; hágase en mí según tu palabra.» (Lc 1:38)

Pasa una sombra. ¿Fue sólo el parpadeo de la llama de la lámpara?

Es el amanecer de la Nueva Creación, y en este instante, porque el Verbo ha tomado la carne de la humanidad, se diviniza; y ahora es sujeto de salvación. La belleza natural de María se ve doblemente realzada por su maternidad divina. Siente una novedad en su interior, cierra los ojos y sonríe.

El ángel Gabriel, a pesar de sus conocimientos e inteligencia superiores, se asombra de que la joven que tiene delante se haya convertido en la Madre de Dios. Cae de rodillas ante su Reina y desaparece.

Yo también me arrodillaré ante mi Reina.

Fin

El Posadero de Emaús

Nunca olvidaré aquella noche. Estaba anocheciendo cuando Cleopas entró con otros dos hombres. Él y su amigo habían convencido al forastero para que se quedara con ellos, porque estaba oscureciendo demasiado para continuar. Una vez dentro de la posada, Cleopas me saludó a gritos, «Hola Jacob, ¿tienes una habitación para nosotros?»

Jacob, el posadero, un joven fuerte y de sonrisa rápida, siempre dispuesto a gestionar los caprichos de la atención al público, con un gesto de la mano gritó «Sí.» Su actitud de satisfacer a todos con eficacia, era una fachada sobre el desgarro de un viudo cuya esposa murió hacía ya un año.

Le dijo que tenía una habitación, luego llevó pan y vino a Cleopas y a sus dos amigos, observándolos para saber qué clase de huéspedes serían. Uno era joven, de unos 16 años, y muy vivaracho, le miraré a los ojos y le responderé rápidamente cuando me pida algo. Pero al otro no pude clasificarlo, me sentí inquieto y curioso, y me pregunté de dónde era.

Mientras les servía le dijo, «Hace tiempo que no te veo Cleopas, ¿qué hay de nuevo?»

Cleopas dijo:

64

Con mi amigo Ethan me hice seguidor del profeta Jesús. Pero eso ya se acabó, como probablemente habrás oído. Nos hicimos compañeros de camino con este amigo. Él nos ha explicado que todo lo sucedido era necesario y estaba de acuerdo con los profetas. No sé...

En ese momento un cliente pedía servicio y tuve que levantarme de la mesa. Estaba mirando a Cleopas y a Ethan cuando su compañero de viaje cogió el pan. Sentí una euforia inesperada cuando partió el pan. Vi el asombro y la alegría de Cleopas y Ethan al ver que ese amigo apenas conocido era en realidad Jesús. Los demás clientes, charlando y comiendo en sus mesas, no se percataron del milagro.

Jesús desapareció. Yo miraba hacia la puerta, pero no lo vi salir. Le dije a Cleopas, '¿Qué está pasando?' »

Un Cleopas desconcertado exclamo, "¡Es Jesús...!" Luego me miró a los ojos y me dijo, «¿Le has visto partir el pan? Él es Jesús. Ha vuelto de la muerte. No sé por qué no lo reconocimos en el camino.»

Ethan, impaciente por hablar, interrumpió, «Cuando partió el pan, dijo, 'Este es mi cuerpo'. Fue casi un susurro. Cuando lo dijo, vi que era Jesús; fue como despertar.»

Cleopas dijo:

> Cuando se unió a nosotros en el camino, estuvimos hablando de cómo Jesús fue condenado y crucificado. Le regañé por no saber lo que había pasado en Jerusalén. (Lc 24;18) No sabía que era Jesús. Entonces dijo que éramos tontos por no creer en las Escrituras y nos enseñó las profecías que se referían a Él.

Ethan continuó, «Desapareció. Miré a Cleopas, estaba sin habla, mirando boquiabierto el lugar donde Él había estado.»

Cleopas dijo:

Mientras Él explicaba las profecías eran como si yo estuviera en un sueño, y el sueño era la Verdad. Cuando Jesús hablaba, no se podía negar la revelación, y me llenaba de alegría. Cuando llegamos a la posada, con un gesto de la mano El siguió caminando, para continuar su viaje. Le dije

'Amigo, está oscureciendo, y será peligroso continuar. Quédate con nosotros en la posada'.

Entró con nosotros, y ya viste lo que pasó. Jesús ha esucitado de entre los muertos, y tu le has visto. Ahora tenemos que volver a Jerusalén, para decir a los demás discípulos que hemos visto al Señor

Jesús ha resucitado y yo lo he visto. En el momento en que partió el pan sentí un cambio y supe que había consuelo para el '¿Por qué?' con que vivía. Ese momento me ha acompañado desde entonces; vivo cuando me encuentro a la gente.

Cuando Cleopas terminó de hablar, le pregunté, «Si mañana voy a Jerusalén, ¿Me presentarás a los demás discípulos? Necesito saber más; necesito averiguar...

Cleopas respondió, «Te presentaremos a los demás. Podrás dar testimonio de que lo que les decimos es verdad.»

Hice que mi hermana y su marido se ocuparan de la posada durante unos días mientras yo estaba fuera. Encontré a Cleopas en Jerusalén; me presentó a sus amigos entre los discípulos y a Andrés, Pedro y Juan. El domingo siguiente, Jesús se apareció de nuevo a los Apóstoles, incluido Tomás, que declaró su fe. (Jn 20:24-29) Yo estaba en la casa, pero no en la habitación, y creí a los testigos. Anhelaba una comprensión más profunda. Pregunté al Apóstol Juan si podía bautizarme. Me dijo que sí y me bautizó 'En el nombre de Jesucristo.' (Hch 2:38) Después de dos semanas en Jerusalén, regresé a Emaús convencido de una nueva vocación.

Me llevé a mi cuñado aparte y le dije:

> Me voy a Jerusalén y puede que no vuelva en un tiempo. Tu y Chanelle han trabajado en la posada desde hace tiempo. Quiero que se hagan cargo de ella en mi ausencia. Paguanse el doble de vuestro salario actual y gestionen el resto como yo lo hago ahora. Si no regreso en cinco años, la posada será tuya. Si estás de acuerdo, podemos redactar y firmar un contrato antes de que me vaya.

Estuvieron de acuerdo, se firmó el contrato y partí hacia Jerusalén.

En Jerusalén estuve presente cuando Jesús se apareció a los quinientos y en otras dos ocasiones durante los 40 días anteriores a Pentecostés. (Hch 1:3) Con Cleopas y Ethan, me uní al grupo informal de discípulos que seguían al Apóstol Juan.

Cuando llegó el día de Pentecostés (Hch 2:1), yo estaba en una habitación trasera de la casa donde se escondían los Apóstoles. Oí el ruido de un viento tremendo, así que corrí hacia donde estaban reunidos los Apóstoles. Vi luz alrededor de sus cabezas. Cleopas y Ethan alababan a Dios, Matías oraba en parto, que yo entiendo; los demás hablaban en otras lenguas que yo no comprendía. El sonido de todas sus voces juntas era una música maravillosa y misteriosa. Hubo una pausa y el apóstol Pedro habló, «Hombres de Judea...» (Hch 2:14).

Cuando Pedro terminó de hablar nos vimos desbordados por la gente que pedía ser bautizada; unos tres mil (Hch 2:41). La repentina necesidad de bautizar a los tres mil nuevos creyentes nos obligó a organizarnos rápidamente. Cada apóstol, junto con algunos discípulos, atendía a unos trescientos conversos. Los llevábamos por turnos a sumergirse en la Piscina de Siloé.

Me sorprendió que hubiera tantos que quisieran bautizarse, sobre todo esenios y fariseos y muchos judíos de otros lugares. Fui a la piscina con Cleopas y Ethan. Llevamos a los conversos uno por uno ante Juan, que dijo, «Yo te bautizo en el nombre de Jesucristo», con la mano en la cabeza del converso. Ethan y yo usamos una estera de paja para cubrir al converso, que estaba desnudo para la inmersión. Cuando terminamos, hacia la hora novena, Juan dijo, «Vayamos al templo antes de retirarnos a dormir y demos gracias al Señor por la obra que nos ha encomendado.» Después de la oración, Ethan y yo nos fuimos a casa de unos hombres devotos que nos hospedaban; Cleopas se fue a casa de un amigo donde se alojaba con su esposa María. (Jn 19:25)

El día siguiente se dedicó al bautismo de mujeres. La esposa de Cleopas participó en esa actividad, mientras Cleopas, Ethan y yo pudimos descansar. En los días siguientes no faltaron los bautismos, pues la comunidad seguía creciendo. Pedro y Juan curaron a un cojo, asombrando a la asamblea y alarmando al Sanedrín, que trató de intimidarlos metiéndolos en la cárcel por una noche. Sin inmutarse, Pedro les predicó. La comunidad creció hasta alcanzar los cinco mil hombres. (Hch 3:4) Una vez más asistimos a muchos bautismos. Después de los bautismos de los dos mil nuevos conversos, Cleopas y su esposa regresaron a Emaús para ayudar a una nueva comunidad allí. Ethan y yo continuamos trabajando juntos en Jerusalén hasta el martirio de Esteban.

Una mañana, Ethan me dijo:

Ese hombre de Tarso aún no nos ha encontrado porque nuestros anfitriones son Esenios, no seguidores de Jesús. Pero nos encontrará porque somos muy conocidos en la comunidad. Muchos de nuestros amigos han abandonado Jerusalén a causa de la persecución. «¿Por qué no nos vamos nosotros también? ¿Adónde iríamos?

Le contesté, «Podemos ir a Antioquía. Allí vive la familia de mi mujer; seremos bien recibidos y podremos quedarnos con ellos un tiempo. Le diré a Juan que nos vamos y le pediré su bendición.»

Más tarde le dije a Ethan, «Juan aprobó nuestro plan, pero dijo que no debíamos quedarnos demasiado tiempo en Antioquía. Desde Antioquía deberíamos ir a Éfeso y esperarle allí. María, la madre de Jesús, está con él. La llevará a Éfeso para que no esté expuesta a la persecución como aquí en Jerusalén.»

Viajamos a Antioquía, y allí Ethan conoció a la familia de mi difunta esposa Adara, Caleb y Hannah, sus padres; Asher, su hermano mayor; el niño Benjamín; y su hermana menor, Dalia, que tenía 18 años. Cuando Ethan fue presentado a

Dalia, vi que estaba tan afectado que se limitó a murmurar en respuesta a su saludo.

Entonces Caleb, observando cómo miraba Ethan a Dalia, dijo, «Ethan, ¿Estás casado?»

«No, no estoy casado. Conocí a un discípulo de Jesús, Cleopas, hace siete años, cuando tenía catorce. Me invitó a ir con él a ver a Jesús. Después de ver a Jesús curar a un ciego y escucharle hablar, me uní al grupo. «

«¿Y qué dijo tu familia al respecto?»

«No tengo familia. Mi madre murió cuando nací. Mi padre fue asesinado por Herodes. Algunos otros de la familia se turnaron para cuidar de mí, hasta que conocí a Cleopas»

«Entonces, ¿Estás solo?»

«No, no estoy solo. Tengo a Jesús, y a muchos hermanos en El Camino.»

Ethan, muy consciente de que era el centro de atención, decidió seguir la iniciativa de Caleb de establecer los límites con respecto a Dalia. Y sabiendo que debería haber sido prometida cuando tenía trece o catorce años, preguntó, «¿Está Dalia prometida?»

Caleb respondió, «Estaba prometida a un hombre de buena familia. Pero descubrimos que era deshonesto, así que pusimos fin a la relación. Fue difícil y doloroso. Creo que puedes entender por qué ella no está interesada en el matrimonio.»

Hannah interrumpió, «Caleb, deja que Dalia hable por sí misma.»

Entonces Asher, presintiendo una solución a un problema familiar, dijo, «Si Dalia quiere escucharlo, está bien. Pero si Ethan la está cortejando, debe abandonar la casa. ¿Qué dices, Dalia?»

Dalia estaba temblando, y en voz baja dijo, «Oh... si él quiere hablar conmigo... está bien.»

Todos empezaron a hablar a la vez, aliviados de que la tensión causada por los francos intercambios anteriores hubiera desaparecido. La mayoría se retiró, dejándonos solos a Caleb y a mí.

Caleb dijo, «Jacob, ¿cómo va tu vida? Hannah y yo aceptamos que vuelvas a casarte.»

«¿Casarme otra vez? ¡Jamás! Mi único amor es Adara. Quiero decir, excepto Dios y Jesús. He decidido dedicar el resto de mi vida a El Camino. Debes haber oído las noticias de lo que está sucediendo en Jerusalén. Ethan y yo hemos sido testigos de que Jesús ha resucitado de entre los muertos, y es el Mesías prometido a los Judíos y a todas las naciones en las Escrituras. ¿Conoces El Camino? ¿Has sido bautizado?»

Caleb respondió, «Hace un par de semanas llegaron unos hombres. Hablaron en la sinagoga, advirtiéndonos de que algunos herejes Judíos venían hacia aquí, y diciéndonos que no les hiciéramos caso. ¿Son esos herejes?»

«Sí, lo somos. Pero no les diremos a quién tienen que escuchar Te mostraremos dónde los profetas nos dicen cómo sufriría el Mesías. Sus profecías corresponden exactamente a lo que le sucedió a Jesús. Y luego, si decides bautizarte y recibir el Espíritu Santo, Él te enseñará la Verdad de otra manera.»

Caleb, que era líder en la sinagoga, dijo, «Escucharemos a ambas partes, pero te advierto que será difícil contradecir a estos hombres. Muchos de los asistentes estarán de su parte.»

«Puede ser, ¡Pero Dios estará de nuestro lado!»

El sábado siguiente tuvimos nuestro encuentro con los adversarios de Jesús y de El Camino. Recitaron las objeciones habituales que habíamos oído muchas veces: que venía del pueblo equivocado, que desobedecía la Ley, que era un blasfemo, etc. Nosotros replicamos citando profecías y dando testimonio de lo que habíamos visto y experimentado con Jesús. El debate provocó una división en la sinagoga, con casi el mismo número de personas en cada bando. Caleb trabajó incesantemente para mantener la paz en la sinagoga, mientras nosotros trabajábamos para establecer una comunidad de El Camino con los miembros de la sinagoga que habían aceptado nuestro testimonio sobre Jesús. Ethan encontró alojamiento con algunos nuevos miembros de El Camino, y se mudó de la casa de Caleb para poder cortejar a Dalia sin provocar un escándalo.

Tres meses después, decidí volver a Jerusalén y encontrar un apóstol que viniera a bautizar a los miembros de la nueva comunidad, pero la llegada del Apóstol Juan de camino a Éfeso evitó mi viaje. Su evidente santidad sirvió para convencer a muchos del partido contrario a unirse a los despreciados 'Cristianos.' También la Virgen María sirvió de inspiración a los nuevos miembros de El Camino. Juan bautizó a muchos, entre ellos a Caleb y su familia, y entraron en El Camino. Se alegró de vernos a Ethan y a mí. Ethan nos dijo que había decidido quedarse en Antioquía. Me uní al grupo de Juan cuando salieron de Antioquía para continuar su viaje a Éfeso.

Llevo muchos años en Éfeso. La guía y el aliento de Juan han apoyado mi avance espiritual. Ahora que está exiliado en la isla de Patmos, mantengo la comunidad con la conversión, el bautismo y la liturgia. Como tantas veces en el pasado, me presento ante la gente, con los acontecimientos de aquella noche en Emaús vívidos en mi memoria.

El posadero de Emaús levantó las manos y dijo:

«Este es mi cuerpo...»

Fin